UNE
JOURNÉE
A DRESDE

COMÉDIE

EN UN ACTE, EN VERS

PAR

ALEXANDRE MANCEAU

PARIS

MICHEL LÉVY FRÈRES, LIBRAIRES ÉDITEURS

RUE VIVIENNE, 2 BIS ET BOULEVARD DES ITALIENS, 1

A LA LIBRAIRIE NOUVELLE

—

M DCCC LXIV

JOURNÉE A DRESDE

COMÉDIE

Représentée pour la première fois, à Paris, sur le théâtre impérial
de l'Odéon, le 13 janvier 1864.

SAINT-GERMAIN. — IMPRIMERIE DE L. TOINON ET Cⁱᵉ.

UNE
JOURNÉE A DRESDE

COMÉDIE EN UN ACTE

EN VERS

PAR

ALEXANDRE MANCEAU

PARIS

MICHEL LÉVY FRÈRES, LIBRAIRES ÉDITEURS

RUE VIVIENNE, 2 BIS, ET BOULEVARD DES ITALIENS, 15

A LA LIBRAIRIE NOUVELLE

1864

PERSONNAGES

FREYMAN, soixante ans. . . . . M. SAINT-LÉON.

MARCELINE, sa fille, vingt-quatre ans. . . Mlle DEBAY.

WAGNER, fils du bourgmestre de Dresde, trente

    ans. . . . . MM. FASSIER.

PHILIPPE, officier de santé dans l'armée fran-

    çaise, vingt-huit ans. . . . . ALHAIZA.

CATHERINE, soixante ans . . . . Mme LEMAIRE.

La scène se passe à Dresde, le 7 mai 1813.

UNE

JOURNÉE A DRESDE

Grand cabinet de travail, servant de salon et de bibliothèque. — Fenêtre au milieu, portes au fond, à droite et à gauche : — celle de gauche donnant sur une cour, celle de droite donnant sur un jardin ; portes latérales au deuxième plan à droite et à gauche.— Grand bureau au milieu de la scène. — Table à ouvrage, au premier plan à droite.— Petit bureau au deuxième plan à droite. — Bibliothèque à droite et à gauche, étagères au fond.

SCÈNE PREMIÈRE

FREYMAN, assis à son bureau ; WAGNER.

FREYMAN.

Je ne suis qu'un savant, Wagner, et, de ma vie,
Je n'ai compris un mot à la diplomatie.
Causons tout bonnement; c'est le meilleur moyen
De se comprendre vite et de s'entendre bien.

WAGNER.

D'accord, monsieur Freyman !

FREYMAN.

Vous aimez Marceline ?

WAGNER.

Elle est mon idéal, tel que je l'imagine ;
Avec ses vingt-quatre ans, son esprit sérieux...
Moi, mes trente ans, mes goûts, je vois tout pour le mieux.
Étant veuve, elle est libre.

FREYMAN.

                        Et moi, j'avance en âge,
            (Hésitant.)
C'est vrai ! Mais elle fut malheureuse en ménage ;
Mon fils, vous le savez...

WAGNER.

                        Je sais ; l'opinion
L'a condamné, je sais!... mais une autre union...
Soyez mon avocat; que votre belle-fille
Daigne agréer mes vœux...

FREYMAN.

                        Son unique famille
C'est moi. Je ne vais pas contre votre projet,
Mais je tremble toujours d'aborder ce sujet.

WAGNER.

Du courage! Voyons, mon père le désire.

FREYMAN, se levant.

Le désire?... un bourgmestre?

                    (Il va porter un livre au fond à gauche.)

WAGNER.

                        Il viendra vous le dire.
Mais le nouveau travail que lui donne la cour
De Dresde, en se sauvant, l'occupe tout le jour.
La nuit, même, il lui faut aller courir la ville,
Que nos nouveaux amis ne laissent pas tranquille.
Les Russes d'un côté, de l'autre les Prussiens...

FREYMAN, souriant.

Oui, tant d'amis nouveaux font du tort aux anciens !

WAGNER.

Non, vraiment; mais sa tâche est assez épineuse.
Se déclarer tout net est chose hasardeuse,
Quand on voit que le roi, politique... banal,
Oppose les Français au vœu national.
En ce moment la Saxe est dans un grand malaise,
Et nous nous souviendrons de mai mil huit cent treize.
Mon père le premier!

FREYMAN, allant à la croisée.

En effet ; ce matin,
A le chercher partout j'ai perdu mon latin.
Je voulais lui parler de notre militaire,
Ce prisonnier français ; je voudrais m'en défaire...
En payant.

WAGNER.

Quel homme est-ce?

FREYMAN.

Oh! je ne l'ai pas vu ;
Mais je vis seul avec ma servante et ma bru,
Et ces soldats français, vous le savez de reste,
Sont de vrais casse-cou.

WAGNER.

Dites que c'est la peste!

FREYMAN.

Or, le bourgmestre absent, j'ai laissé par écrit
Ma réclamation.

WAGNER.

De vous cela suffit;
D'ailleurs, j'en vais parler tout à l'heure à mon père,
Et pour... notre projet, lui dire que j'espère,
Si vous plaidez pour moi!

FREYMAN.

Je plaiderai.

WAGNER.

Merci;
Je vous verrai ce soir.

FREYMAN.

Je ne sors pas d'ici !

WAGNER.

Je viendrai saluer madame Marceline.

(Freyman le reconduit et il sort par la gauche, deuxième plan. — Catherine
entre par la droite.)

SCÈNE II

FREYMAN, CATHERINE.

FREYMAN.

A quoi donc rêvez-vous, ma bonne Catherine?

CATHERINE, soupirant.

Hélas !

FREYMAN.

Eh bien, quoi ?

CATHERINE.

Rien.

FREYMAN.

Rien? Pourquoi cet hélas ?

CATHERINE.

C'est le sept aujourd'hui ?

FREYMAN.

Le sept ?... Je ne sais pas!

CATHERINE, passant à gauche.

Encore un vilain jour que je m'en vais maudire !

FREYMAN, qui l'a observée.

J'y suis, Cath: vous avez un malheur à me dire.

CATHERINE.

Eh bien... oui.

FREYMAN.

Dites donc !

CATHERINE.

Ulric, votre filleul !

FREYMAN, ému.

Il n'est pas retrouvé ?

CATHERINE.

Si... mais là-bas... tout seul,
Dans la neige...

FREYMAN.

En Russie?

CATHERINE.

Au milieu d'une plaine.

FREYMAN.

Mort?

CATHERINE.

Oui.

FREYMAN, après un silence.

La nouvelle est...?

CATHERINE.

La nouvelle est certaine.

FREYMAN, la main sur les yeux.

Allons !

CATHERINE.

Voyons, voyons, calmez-vous!

FREYMAN.

Ce n'est rien.
(Il s'assied.)
Un si brave garçon, qui nous aimait si bien !

CATHERINE.

Du courage, monsieur !

FREYMAN.

Il méritait de vivre,

Celui-là !

CATHERINE.

Voyez-vous, il faut qu'on nous délivre
De toute cette guerre et de tous ces dangers,
Et de tous ces soldats, de tous ces étrangers.
Voilà plus de six mois qu'on se bat dans nos villes,
Qu'on se bat dans nos champs, autrefois si tranquilles ;
Voilà que la Russie est installée ici,
Et nous fait héberger ses prisonniers ; merci !
Des brutaux, des sabreurs ne songeant qu'à détruire,
Des êtres immoraux, des Français, c'est tout dire !
(Elle trouve un chapeau sur une chaise à gauche.)
Tenez... celui d'hier est venu là rôder ;
Sans doute il espérait trouver à marauder !
On n'a pas vu son nez, qu'il met tout en déroute ;
Débarrassez-nous-en, monsieur, coûte que coûte.
(Elle jette le chapeau.)

FREYMAN va ramasser le chapeau, puis redescend à gauche.

Voyons, ma bonne Cath, il faut vous apaiser.
Si vous continuez, vous allez tout briser !

CATHERINE.

Au diable les Français !

FREYMAN.

Ne soyez pas si vive !
Celui-ci n'est pour rien dans ce qui nous arrive.

CATHERINE.

Si fait ! sans les Français, point de guerre, et dès lors
Ulric serait vivant. Il faut mettre dehors
Cet étranger maudit !

FREYMAN, brossant le chapeau avec sa manche.

Je crois pouvoir le faire.

CATHERINE.

A quoi donc pensez-vous?

FREYMAN, naïvement.

Il est dans la misère.

CATHERINE.

Bon! brossez ses habits! Moi, je ne dis plus rien ;
Vous le verrez à l'œuvre, et vous l'y verrez bien!

FREYMAN.

Il restera fort peu.

CATHERINE.

Mais s'il vous assassine?

SCÈNE III

MARCELINE, FREYMAN, CATHERINE.

MARCELINE, entrant par le premier plan de gauche.
Bonjour, mon père...

FREYMAN, l'embrassant.

Eh bien, vous savez, Marceline?

MARCELINE.

Je sais tout... Pauvre enfant!

FREYMAN.

Et notre prisonnier,
L'avez-vous aperçu?

MARCELINE.

Moi? Non!

(Elle se met à broder.)

FREYMAN.

C'est singulier.

CATHERINE.

Ce monsieur doit dormir la grasse matinée.

FREYMAN.

Très-bien. S'il veut dormir encor l'après-dinée,
Et puis dormir la nuit, tout sera pour le mieux;
Mais... a-t-il déjeuné?

CATHERINE.

Comment, bonté des cieux!
Vous allez le nourrir?

FREYMAN.

Il le faut bien, ma chère.
(Catherine passe à gauche.)
A propos, les Français ne boivent pas de bière.

CATHERINE.

Eh! qu'il boive de l'eau!

FREYMAN.

Non, donnez-lui du vin.

CATHERINE.

Du vin? Tenez, monsieur, c'est trop fort, à la fin!
Savez-vous qu'en ce temps de Cosaque où nous sommes,
On n'achète pas gros pour de bien grosses sommes;
Que toute votre rente est de trois cents ducats,
Que, pour nous en tirer, nous avons du tracas;
Que...?

FREYMAN.

Mais puisqu'il le faut!

CATHERINE.

Mettez-vous sans ressource!
(Freyman s'assied à son bureau.)
Après tout, ces frais-là ne vident pas ma bourse.

Il est le maître ici, c'est dit, c'est arrêté ;
Donnez-lui votre lit, nous voilà dans l'été,
Vous coucherez dehors ! J'enrage !

MARCELINE, avec douceur.

Catherine !...

CATHERINE.

(A part.)
Je me tais : mais je vais pester dans ma cuisine !

(Elle sort par le premier plan de droite.)

SCÈNE IV

FREYMAN, MARCELINE.

FREYMAN, à Marceline, qui ne travaille pas.

Vous pensez au filleul? C'était un brave cœur,
Et si gai ! pas vingt ans !

MARCELINE.

Il m'appelait sa sœur.

FREYMAN.

Enfin !... n'attristons pas ce que je dois vous dire.

MARCELINE.

Quoi donc?

FREYMAN, hésitant et lui prenant la main.

J'ai vu Wagner et... je crois qu'il désire
Venir ici... souvent. — Je le crois fort épris,
Et... si vous consentiez...

MARCELINE, se levant.

Vous vous êtes mépris,
Mon bon ami, songez que je suis ruinée.

FREYMAN.

Il est riche !

1.

MARCELINE, contrariée.

Ainsi donc, me voilà condamnée
A le voir ?

FREYMAN.

Essayez !

MARCELINE, émue.

Vous suis-je un embarras ?

FREYMAN, avec élan.

Ah ! pauvre chère enfant !

MARCELINE.

Je ne vous gêne pas ?

FREYMAN.

Pouvez-vous le penser ! Jamais, jamais, ma fille !
(Il l'embrasse.)
Je voudrais, après moi, vous faire une famille ;
Je voudrais vous prouver mon tardif dévouement,
Et je vous fais pleurer comme a fait mon enfant.

MARCELINE.

Il est mort pardonné.

FREYMAN.

La vieillesse est peureuse ;
Je tremble de partir sans vous laisser heureuse.
Promettez-moi qu'un jour...

MARCELINE.

Non, mon cher ami, non !
(Apercevant Philippe.)
Mais... voilà ce Français.

SCÈNE V

PHILIPPE, FREYMAN, MARCELINE.

FREYMAN, un peu sèchement.
Que voulez-vous?

PHILIPPE, de la porte, son bonnet de police à la main.
Pardon!
(Il veut se retirer.)

FREYMAN.
Entrez, si vous avez quelque chose à me dire.

PHILIPPE.
Non, je vous croyais seul, monsieur; je me retire.

FREYMAN.
Enfin, que vouliez-vous?

PHILIPPE.
Je venais vous prier
D'être bien convaincu que votre prisonnier
Déplore tout l'ennui causé par sa présence.

FREYMAN.
Mais vous n'y pouvez rien!

PHILIPPE.
Non, le consul de France,
Chez qui je suis allé ce matin, dès le jour,
En Bavière a suivi le reste de la cour.
Si je l'eusse trouvé, j'avais la certitude
De vous laisser en paix dans votre solitude.

FREYMAN.
Puisque c'est le hasard qui seul a fait ce choix!

PHILIPPE.
C'est vrai.

FREYMAN.

Seriez-vous mieux chez un autre bourgeois ?

PHILIPPE.

Ah ! vous vous méprenez, monsieur ! Sachant la vie
Que l'on mène chez vous, austère et recueillie,
Je craignais de vous être un sujet d'embarras ;
Moi, j'y suis trop heureux et je ne me plains pas.

FREYMAN, un peu embarrassé.

Monsieur, je...

PHILIPPE.

Je voudrais vous faire une prière ;
J'ai vu dans le jardin une petite serre ;
Si j'y pouvais entrer... Je vous dois cet aveu
Que j'adore les fleurs ; je m'y connais un peu.

FREYMAN, étonné.

Ah ! vous aimez les fleurs ?

PHILIPPE.

Les études d'enfance !
J'espère y retrouver un souvenir de France,
Et, sans toucher à rien...

FREYMAN, s'humanisant.

Je vous fais observer...

PHILIPPE.

J'irai de grand matin, avant votre lever...

FREYMAN, affectueusement.

Autant qu'il vous plaira.

PHILIPPE, saluant et voulant se retirer.

Vous êtes trop aimable.

FREYMAN.

Restez ! votre couvert doit être sur la table.

PHILIPPE.

J'ai déjeuné, monsieur, parfaitement ; merci.

FREYMAN.

Ah! bien ! si vous voulez des livres, en voici.
Fort peu sont en francais...

(Il remonte.)
D'ailleurs, le catalogue...

PHILIPPE.

Mais je lis l'allemand.

FREYMAN, enchanté et prenant un volume sur son bureau.

Vrai?... J'ai l'ouvrage en vogue
Presque inconnu chez vous; c'est le *Faust*...

PHILIPPE, ouvrant le volume.

Sur vélin?

Superbe édition ! C'est celle de Berlin ;
Je connais.

FREYMAN, radieux.

Il connaît notre *Faust*, Marceline !

SCÈNE VI

PHILIPPE, FREYMAN, MARCELINE, CATHERINE.

CATHERINE, entrant par le premier plan de droite, sèchement.

Ce monsieur est servi.

FREYMAN, étonné.

Vous dites, Catherine ?

CATHERINE.

Que monsieur est servi.

FREYMAN, à part.

Je n'y comprends plus rien.

(A Philippe.)
Ne m'avez-vous pas dit : « J'ai déjeuné? »

PHILIPPE.

Très-bien ;
Mais avant ma visite au consulat.

CATHERINE, à part.

Il ose!...

(S'avançant.)
Ce n'est pas vrai.

PHILIPPE, souriant.

Je crois en savoir quelque chose !

FREYMAN.

Mais où donc avez-vous déjeuné si matin ?

PHILIPPE.

A la taverne.

CATHERINE, à Freyman.

Bien ! un affront, c'est certain !

FREYMAN.

Non ; c'est une imprudence.

(Catherine remonte la scène.)

PHILIPPE.

Excusez ma surprise,
Mais je ne comprends pas, j'ai fait quelque méprise ?

FREYMAN.

Les tavernes ici servent de rendez-vous
A nos étudiants ; des cerveaux un peu fous !
A tous nos officiers, type très-fanatique,
Surtout en ce moment de crise politique.

(Il remonte à sa bibliothèque.)

MARCELINE, à Philippe.

Vous souriez, monsieur ?

PHILIPPE, allant à elle.

Et ce sourire-là
Vous semble une bravade? Oh! ce n'est pas cela,

Madame; il ne faut pas y chercher une offense.
N'y voyez simplement qu'un peu d'indifférence;
Car, pieds et poings liés, ce n'est pas me vanter,
Que de m'attendre à tout sans trop m'épouvanter.

MARCELINE.

Avant peu, vous serez échangé?

PHILIPPE.

Non, madame.
Contre qui voulez-vous que quelqu'un me réclame ?
Après chaque combat, nos soldats harassés
S'endorment tout debout, ou soignent leurs blessés.
Les prisonniers se font par la cavalerie...
Nous en manquons !

MARCELINE.

Alors ?...

PHILIPPE.

Alors, en Sibérie,
On peut me renvoyer, si l'on veut, dès demain ;
(Souriant)
Et c'est dur de refaire un si triste chemin!

FREYNAN, descendant à gauche.

Venez-vous d'aussi loin ? Alors, la grande affaire
Est d'abord de songer, monsieur, à vous refaire.
Vous vivrez avec nous ; que ce soit arrêté;
Laissez votre taverne, allons!

PHILIPPE.

En vérité,
Je m'y trouve fort bien, et, pour ce qu'il en coûte...

CATHERINE.

Pardié! du lard gâté, de la vieille choucroute!. .

PHILIPPE, riant.

Mais pas du tout !

FREYMAN.

Vous êtes fier, monsieur; c'est un défaut permis
Avec des étrangers... Traitez-nous en amis !
Envers de bonnes gens montrez-vous moins farouche,
Et restez avec nous.

(Catherine remonte derrière le bureau.)

PHILIPPE.

Vous me fermez la bouche;
J'accepte; mais vraiment, monsieur, je suis confus...

CATHERINE, bas, à Marceline.

Monsieur va le garder? Moi, je ne comprends plus.
Et vous?

MARCELINE.

Puisque mon père...

CATHERINE.

Au fait !

(Elle sort par le premier plan de droite.)

SCÈNE VII

FREYMAN, PHILIPPE, MARCELINE.

FREYMAN, offrant un siége à Philippe.

Je vous en prie.
Ainsi, vous arrivez...

(Il s'assied à son bureau.)

PHILIPPE.

Du fond de la Russie.
Prisonnier à Moscou, je me suis échappé;
J'étais encor vaillant, quoique assez éclopé;
Guidé par les débris de l'immense défaite,
J'entrepris à moi seul ma modeste retraite.

MARCELINE.

Tout seul?

PHILIPPE.

Oh! non, madame; au début seulement,
Et je m'en suis tiré miraculeusement.

FREYMAN.

Vous étiez poursuivi?

PHILIPPE.

Traqué par les Cosaques;
Mais, voyageant la nuit, j'évitais leurs attaques.
Il est vrai que parfois, près d'atteindre le port,
Je laissais le Midi pour retourner au Nord,
Quittant le grand chemin pour les bois ou la plaine,
Je vivais... sobrement!

FREYMAN.

Oh! je vous crois sans peine.

PHILIPPE, souriant.

On s'y fait!

FREYMAN, d'un air de doute.

On s'y fait?

PHILIPPE.

C'est un temps à passer.

(Se levant.)
Mais je suis indiscret et je vais vous laisser.

FREYMAN.

Ma curiosité, monsieur, vous désoblige?

PHILIPPE.

Non! je crains d'abuser...

FREYMAN.

Ce mot-là nous afflige.

MARCELINE.

Et c'est mal nous juger, monsieur.

PHILIPPE, à part.

Les braves gens!

(Haut, en s'asseyant.)

Eh bien, pardonnez-moi, j'ai tort et je le sens.
On nous élève mal, voyez-vous! dès l'enfance,
On nous met dans l'esprit certaine défiance;
On nous laisse entrevoir dans ce mot : *l'étranger*,
Comme une haine à rendre, une injure à venger.
L'ivresse des combats aigrit ces injustices !
Moi, j'ai d'autant plus tort que de très-grands services
M'ont été prodigués par un jeune Allemand,
D'un cœur à toute épreuve et d'un esprit charmant.
Nous étions devenus vieux amis tout de suite,
C'est lui qui m'a servi de guide dans ma fuite ;
Votre compatriote.

FREYMAN.

Ah! c'était un Saxon !
Et comment s'appelait cet excellent garçon ?

PHILIPPE.

Ulric...

(Mouvement de Freyman et de Marceline.)
Muller... je crois.

(Freyman et Marceline le regardent avec émotion. Philippe ne les voit pas et
continue.)

Premier sergent aux guides,
Et brave, celui-là, parmi les intrépides.
Quand je le rencontrai, ce pauvre malheureux,
La mort jetait déjà son voile sur ses yeux.
Un médecin, pour lui, ce fut la Providence.

FREYMAN.

En effet, votre habit...

PHILIPPE.

A défaut d'ambulance,

Je ne pus l'abriter qu'au revers d'un fossé.
Là, je fis mon état, c'était le plus pressé ;
Je tremblais bien un peu, ma main n'était pas sûre,
J'étais mal outillé pour panser la blessure...
Enfin, le ciel aidant, et le malade aussi,
Je vis dans son regard qu'il me disait : « Merci ! »
Alors je me couchai près de lui sur la neige ;
Bientôt il murmura : « Que le ciel vous protége !
Je n'ai presque plus froid. » Puis, étendant la main,
(Marceline s'approche.)
Il me montra son sac en ajoutant : « Du pain ! »
Du pain, c'était la force, et, ma faim assouvie,
Je veillai ce mourant qui me rendait la vie,
Et qui, se regardant comme mon débiteur,
Me donnait tout son pain pour un peu de chaleur.
Nous avons fait ensemble un bon bout du voyage.

FREYMAN, ému.

Vous vous êtes quittés ?

PHILIPPE.

Forcément ! Le courage
Ne manquait certes pas ; mais son mal empirait,
Surtout les jours maudits où l'on nous poursuivait.
Je le portais alors et nous n'avancions guère.

MARCELINE, émue et se levant.

Et... vous l'avez laissé ?

PHILIPPE.

Non pas ! le pauvre hère,
C'est lui qui me laissa... pour l'éternel repos.

FREYMAN.

Il est mort... dans vos bras ?

PHILIPPE, simplement.

Il est mort sur mon dos.
(Marceline tombe sur la chaise à droite.)

FREYMAN, se levant, les larmes aux yeux.

Monsieur... le noble enfant que, dans votre misère,
Vous avez su combler de dévouement, naguère
Était à cette place où vous êtes assis.
(Philippe se lève.)
Il nous disait adieu, c'était presque mon fils !
(Philippe s'approche de Freyman.)
Que le ciel au plus tôt vous rende une famille,
C'est le vœu d'un vieillard.

MARCELINE.

Et celui de sa fille.

PHILIPPE.

Ces vœux, j'en suis certain, me porteront bonheur.

FREYMAN.

Racontez-nous encor, voulez-vous ?

PHILIPPE.

De grand cœur.
Cette fraîche amitié par un malheur dissoute,
J'ai dû, seul, de nouveau, continuer ma route.
Tout mon plan consistait à gagner ce pays
Que je devais toujours croire de nos amis ;
Mais...

SCÈNE VIII

CATHERINE, FREYMAN, PHILIPPE, MARCELINE.

CATHERINE, bas, à Freyman.

Le bourgmestre vient pour vous faire visite.

FREYMAN, bas et vivement.

Ne le fais pas entrer, dis... j'y vais tout de suite ;

Si ce monsieur savait que ce matin... vraiment,
J'en serais désolé.
(Haut, à Philippe.)
Je m'absente un moment.
(Il sort par la gauche avec Catherine.)

SCÈNE IX

PHILIPPE, MARCELINE.

PHILIPPE, se disposant à sortir.

Je dérange quelqu'un?
MARCELINE.

Restez, monsieur ; mon père
Va revenir bientôt et je sais qu'il espère
(Un silence)
Vous retrouver ici. Voilà déjà longtemps
Que vous avez quitté votre pays?
(Elle s'assied près du bureau à droite.)
PHILIPPE.

Deux ans.
(Un silence.)
MARCELINE.

Vous avez des parents?
PHILIPPE.

Une sœur et ma mère.
MARCELINE.

Étrange entraînement des hommes pour la guerre!
A les quitter comment avez-vous consenti ?
Pourquoi se séparer?
PHILIPPE.

Si j'ai pris ce parti,
C'est un peu malgré moi ; j'étais heureux près d'elles,
Je travaillais tranquille et comme sous leurs ailes.

A la science ou l'art je pouvais recourir,
Et, pour me reposer, je me laissais chérir.
Certes j'étais heureux, mais j'étais inutile;
Mon pays réclamait une ardeur moins stérile;
Son destin vers le Nord le poussait ardemment
Et jetait un appel au moindre dévouement.
Or, je me demandai si le but de ma vie
Était de m'endormir dans ma douce apathie;
Si je ne faussais pas mon cœur et mon esprit;
Je consultai ma mère, et ma mère comprit.
Malgré son grand amour du foyer domestique,
De mon père elle avait... l'élan patriotique.
Aussi, puisant sa force à ce cher souvenir,
Elle me répondit : « C'est mal de s'abstenir.
Comme chirurgien, tu peux te rendre utile
A ces pauvres soldats que la guerre mutile,
Tu dois aller t'offrir. Adieu; pars, mon enfant,
Et de tous les dangers reviens-nous triomphant. »
Tout cela, vous pensez, d'une voix bien émue!
Je l'embrassai... Depuis, je ne l'ai pas revue.

(Il s'assied.)

MARCELINE.

Elle vous croit captif?

PHILIPPE.

Ou mort, je ne sais où.

MARCELINE.

Pauvre femme!

PHILIPPE.

Depuis notre entrée à Moscou,
Des complications d'obstacles invincibles,
Ont rendu forcément les lettres impossibles.
Les courriers voyageaient pour d'autres intérêts.
D'ailleurs, on n'aimait pas ces envois indiscrets
Qui pouvaient colporter de sinistres messages,
Et montrer l'avenir sous de fâcheux présages.

MARCELINE.

Écrivez maintenant.

PHILIPPE.

C'est fini désormais!
Tout mon espoir était dans le consul français.
Privé de son appui, j'attendrai qu'une trêve
Ou la paix...

MARCELINE.

Mais, avant que la guerre s'achève,
Il faut faire savoir que vous êtes ici,

(Elle se lève.)

Que vous êtes vivant et plein d'espoir aussi.
Disposez donc de... nous! J'ai la ferme assurance
Que nous ferons passer vos lettres jusqu'en France.

PHILIPPE, qui s'est levé en même temps que Marceline.

Merci, madame; mais...

MARCELINE.

Comment! vous refusez ?
Et ces femmes là-bas...

PHILIPPE.

Oh! vous vous abusez,
Madame, un tel refus serait un sacrilége.

MARCELINE.

Eh bien, alors, comment...?

PHILIPPE.

Hélas! que leur dirais-je?
Je suis trop peu fixé maintenant sur mon sort ;
Depuis plus de six mois, ma mère me croit mort,
Et, comme un autre enfant la rattache à la vie,
Là douleur a fait place à la mélancolie.
Je préfère vraiment attendre encore un peu,
Certain que, grâce à vous... S'il faut lui dire adieu...

MARCELINE.

Ne dites pas cela!

PHILIPPE.

C'est vrai, je vous attriste.

MARCELINE.

Beaucoup; et sans raison!

(Elle s'écarte à droite.)

SCÈNE X

WAGNER, PHILIPPE, MARCELINE.

WAGNER, entrant par le fond à gauche.

Je suis trop égoïste
Pour venir aussi près, madame, sans vous voir.

MARCELINE, s'inclinant.

Monsieur...

WAGNER, allant à elle.

J'espérais bien vous saluer ce soir,
Permettez que ceci ne compte pas?

MARCELINE.

Mon père...

WAGNER.

Il part avec le mien pour régler une affaire,
Pour reprendre une lettre écrite ce matin,
Et voir l'original du brillant bulletin
Que vient de nous crier en passant l'estafette.

PHILIPPE, descendant à gauche.

D'où vient-il?

WAGNER, sans se retourner.

De Lutzen! la déroute est complète.
Je parle des Français! car, pour les Allemands,
Ils ont remporté là des succès éclatants.

MARCELINE, vivement.

Quel jour s'est-on battu?

WAGNER.

Le deux.

MARCELINE, avec intention.

Mais d'habitude,
Tous ces premiers récits manquent d'exactitude.
Que, de Lutzen à Dresde, il ait fallu cinq jours
Pour savoir un succès...

(Elle fait des signes à Wagner en montrant Philippe.)

WAGNER, ne comprenant pas.

On ne peut pas toujours,
Après un grand combat, envoyer les nouvelles;
Mais cette fois, pour sûr, on ne peut douter d'elles.
Les Français de tous points ont été repoussés,
Et nous comptons à peine un millier de blessés.
(Marceline remonte à droite.)
Qu'a-t-elle donc?

MARCELINE s'assied près de la table à ouvrage.

Ce n'est qu'un premier avantage.
Les Français, on le sait, résistent davantage,
Tout n'est pas fini là.

WAGNER.

S'ils doivent revenir,
Nous aurons, cette fois, le plaisir d'en finir.

MARCELINE, troublée et inquiète.

Ce dédain ne sied point! les Français...

PHILIPPE, à part.

La bonne âme!

WAGNER, avec mépris.

Bah! du bonheur!

MARCELINE, se levant, très-contrariée.

Monsieur!...

PHILIPPE, très-calme.

Laissez dire, madame.

WAGNER, étonné, à Philippe.

Dire, quoi?

PHILIPPE.

Un seul mot qu'on puisse relever.

WAGNER, froidement.

Qui donc s'en chargerait?

PHILIPPE.

Moi!

MARCELINE, vivement et allant à Philippe.

Je fais observer
A vous, monsieur, d'abord, que vous n'êtes pas libre!

PHILIPPE.

Ce nom de prisonnier détruit-il l'équilibre?

WAGNER.

En ai-je dit un mot?

MARCELINE, à Wagner.

Monsieur... Si j'interviens,
C'est que j'ai lu l'histoire et que je m'en souviens.
Les Français, que, parfois, la fortune abandonne,
Pour rester dignes d'eux, n'ont besoin de personne.

PHILIPPE, ému.

Ah! madame!

MARCELINE, avec intention.

Et d'ailleurs ici... chez moi.

WAGNER.

C'est vrai!
J'ai tort, pardonnez-moi.
(Wagner et Philippe semblent attendre des excuses l'un de l'autre.)

MARCELINE, à Philippe.

Par ce soleil de mai,
Vous n'êtes pas tenté, monsieur, de vous distraire?
Voulez-vous me choisir quelques fleurs de la serre?

PHILIPPE, avec élan.

Les plus belles, madame !

(Il sort par le deuxième plan de droite.)

SCÈNE XI

MARCELINE, WAGNER.

MARCELINE, respirant.

Ah !

WAGNER.

Je vous ai déplu?

MARCELINE.

Je crois qu'à m'attrister, vous étiez résolu.

WAGNER.

Reconnaissez plutôt ma maladresse insigne.

MARCELINE.

Vous n'avez donc pas vu que je vous faisais signe?
Je vous trouvais cruel, devant ce malheureux,
De crier aussi haut nos succès et nos vœux ;
Tant de bruit pour si peu sent trop le fanatisme !

WAGNER.

La pitié vous sied bien ; mais le patriotisme
M'emporte malgré moi ; non, certes, dans ce cas,
Ce n'est pas au vaincu... je ne le voyais pas...
Mais à la nation française tout entière
Que je lançai ce mot dicté par la colère;

Car elle est trop heureuse, et son bonheur, vraiment,
Ne peut être chanté sur un air allemand.
Moi, je n'ai pas besoin de relire l'histoire,
Je la connais.

MARCELINE.

Alors, vous manquez de mémoire ;
Car nous lui devons bien quelque prospérité,
Un peu de gloire aussi. La Saxe, en vérité,
Se montre en ce moment ingrate et misérable.

WAGNER.

Est-ce vous qui parlez? C'est donc ce pauvre diable
Qui vous a fait changer de manière de voir ?

MARCELINE.

Oui, c'est ce prisonnier; si vous voulez savoir
Ce que nous lui devons, vous comprendrez, j'espère,
Qu'il a droit aux égards. Le filleul de mon père ..

WAGNER.

Comment! ce jeune Ulric qui fut pansé, porté,
C'était par ce Français? J'avais mal écouté
Lorsque monsieur Freyman contait cette anecdote,
Il n'y a qu'un moment. C'est une bonne note
Pour ce pauvre soldat... une belle action!

MARCELINE, avec inquiétude.

Qui peut modifier sa situation
Peut-être?

WAGNER

Oh! oh! fort peu. Ce revers de la France
Lui retire à peu près sa dernière espérance.

MARCELINE.

Encor l'exil, alors? Ne peut-on rien tenter?

WAGNER.

Qui?

MARCELINE.

Vous.

WAGNER, très-surpris.

Moi?

MARCELINE.

Songez donc! il faudrait se hâter.
S'il était seul encor! mais sa sœur, mais sa mère,
Peut-être une autre femme à qui sa vie est chère...
A ces cœurs désolés sachons le conserver.
Le contraire est horrible! il faudrait le sauver...
Votre père est premier magistrat de la ville,
Voyez-le!

WAGNER.

Même à lui, la tâche est difficile,
C'est un prisonnier russe, une chose, un dépôt,
(Marceline s'écarte à gauche.)
Qu'il doit restituer. Vous dites qu'il le faut?
Essayons!

MARCELINE.

C'est cela! moi, j'ai la certitude
Que vous réussirez, et notre gratitude...
— Car mon père en sera plus enchanté que moi —
Vous est acquise; allez!

WAGNER.

J'y vais.

MARCELINE.

Merci!
(Elle sort par le premier plan de gauche.)

SCÈNE XII

WAGNER, puis FREYMAN.

WAGNER.

Ma foi,
Je n'aurai pas grand'peine à me rendre agréable;
Tout dépend de mon père et la chose est faisable.

(Il va pour sortir, Freyman entre.)

FREYMAN, le ramenant.

Non, vous ne partez pas lorsque, moi, je reviens.

WAGNER.

Et mon père?

FREYMAN.

On signale au loin des corps prussiens,
Il court au-devant d'eux.

WAGNER.

Où donc? sur quelle route?

FREYMAN.

Du côté de Meissen.

WAGNER.

C'est de Lutzen, sans doute,
Les nouveaux prisonniers qu'on nous donne à garder.
N'importe; en vous quittant, j'ai voulu sans tarder
Faire causer un peu madame Marceline.

FREYMAN.

Eh bien?

(Catherine entre par la droite et met des fleurs dans un vase.)

WAGNER.

J'ai quelque espoir.

FREYMAN.

Vraiment?

WAGNER.

Je l'imagine.
Pour lui faire ma cour, je vais même à l'instant
Vous rendre à tous les deux un service important.
Mais plus tard vous saurez... De son côté, mon père...

FREYMAN.

Il voudrait dès demain demander le notaire;
Mais il a trop cédé de ses prétentions
Et j'ai dû faire, moi, quelques conditions ;
Refuser tout d'abord, en cas de mariage,
Qu'il soit fait, par contrat, un trop grand avantage
A ma fille... Elle aura quelque bien, Dieu merci!

WAGNER.

Laissons cela.

FREYMAN.

Je veux que tout se passe ainsi;
D'ailleurs, c'est entendu, rien n'est donc impossible
Si pour vous, mon ami, Marceline est sensible.

WAGNER.

J'ai quelque espoir, vous dis-je, à bientôt!

(Il remonte à gauche.)

FREYMAN.

Quoi, déjà?

WAGNER.

Il le faut.

FREYMAN.

Adieu donc.

(Wagner sort par le deuxième plan de gauche.)

SCÈNE XIII

FREYMAN, CATHERINE.

CATHERINE, descendant à droite.
> Que veut dire tout ça?

FREYMAN, souriant.
> Vous avez écouté, ma bonne Catherine,
> Cela se voit de reste, allez, sur votre mine.

CATHERINE.
> Pardié! si j'écoutais! je ne m'en cache pas,
> Et tout ça m'a cassé les jambes et les bras.
> Vous allez donc donner toute votre fortune?

FREYMAN.
> En prenant notre nom, ma fille en avait une,
> Et ce n'est pas vous, Cath, qui trouverez mauvais
> Que je veuille aujourd'hui faire ce que je fais.
> Mon fils a dissipé, c'est à moi de tout rendre;
> Tout!... je ne pourrai pas.

CATHERINE.
> Je commence à comprendre.
> Mais alors, dites-moi ce qui vous restera?

FREYMAN.
> Rien.

CATHERINE.
> De quoi vivrez-vous? Répondez!

FREYMAN.
> On verra!

CATHERINE.
> On verra! c'est tout vu! Par bonheur Catherine...
> Je m'entends!... Mais comment madame Marceline

A-t-elle pu donner à ce monsieur Wagner
Un espoir qui vous prend votre dernier thaler?
Elle est d'un cœur pourtant et d'une bonté rare.

FREYMAN, vivement.

Qu'elle ne sache rien, Cath, ce serait barbare !
(Il passe à droite.)
Pauvre enfant! Je lui dois le bonheur avant tout;
Je ne marchande point et j'irai jusqu'au bout.
Pas un mot!

CATHERINE hausse les épaules, haut.

A propos, votre monsieur Philippe!

FREYMAN.

Philippe ?

CATHERINE.

Oui, ce Français. Voilà qu'il s'émancipe,
Qu'il va, qu'il vient, qu'il sort...

FREYMAN.

Qu'a-t-il donc fait?

CATHERINE.

Oh! rien,
Êtes-vous comme moi? Je le trouve très-bien.

FREYMAN, fort étonné.

C'est aussi mon avis.

CATHERINE.

Dame! il faut le connaître,
Et, si vous l'eussiez vu sauter par la fenêtre,
Vous en reviendriez sur ce brave garçon.

FREYMAN.

J'en suis tout revenu ; je le sais noble et bon;
Mais je ne saisis pas... Pourquoi cet exercice
De sauter...?

CATHERINE.

Oh! mon Dieu! pour me rendre service.
J'étais à ma fenêtre, un tricot à la main;
Mon aiguille m'échappe, et paff! sur le chemin,
Je le vois s'élancer; vous jugez de ma mine!
Je ne l'avais pas vu passer dans ma cuisine.
C'est très-haut, la fenêtre! Eh bien, voyez-vous, moi,
Je trouve ça très-beau, je ne sais pas pourquoi,
De voir ce grand monsieur qui, d'en bas, me salue,
Me jette mon aiguille et s'en va par la rue,
Simplement... C'est très-beau! on ne me dira pas
Que c'est pour mes beaux yeux? Pourquoi donc, en ce cas?

FREYMAN.

Il sait qu'à la vieillesse on doit des prévenances.

CATHERINE.

(Clameurs lointaines.)
Il pouvait se blesser. Chut!...

FREYMAN, après avoir écouté un moment.

Les réjouissances!

SCÈNE XIV

MARCELINE, CATHERINE, FREYMAN.

MARCELINE, entrant par la gauche, premier plan.

(Clameurs.)
D'où vient donc tout ce bruit? Encore? entendez-vous?

FREYMAN.

(A part.)
Oui. Quelle émotion!

CATHERINE.

Sans sortir de chez nous,

On pourrait deviner au moins ce qui se passe.
Nous voyons de là-haut toute la ville basse.
J'y monte.

(Clameurs, coups de feu, tambours; elle sort par le fond à droite.)

SCÈNE XV

FREYMAN, PHILIPPE, MARCELINE.

FREYMAN.

Bah! ce sont quelques écervelés...
Ou bien des gens prudents qui se montrent zélés,
Et fêtent bruyamment la nouvelle victoire.

MARCELINE, à la fenêtre.

C'est possible, en effet; mais j'ai peine à le croire.
(A Philippe, qui entre de gauche.)
Ah! monsieur!

PHILIPPE.

Calmez-vous.

MARCELINE.

Vous venez du dehors?

PHILIPPE.

Oui, j'ai pu m'informer.

MARCELINE.

Racontez-nous, alors!
Quoi?

PHILIPPE.

Ce jeune homme était dans une erreur profonde.
Le combat de Lutzen nous coûte bien du monde,
C'est vrai, bien des soldats, de vaillants généraux ;
Mais personne n'a vu reculer nos drapeaux.
On s'est battu vingt fois, haleine contre haleine !
Mais nous sommes restés les maîtres de la plaine,

Et l'ennemi vaincu, malgré tous ses efforts,
A pu, de loin, nous voir ensevelir ses morts.
Voilà la vérité, voilà notre défaite.

FREYMAN.

Alors ces bruits confus... ?

PHILIPPE.

Signalent la retraite.
Les prétendus vainqueurs viennent de toutes parts,
Pour se mettre à l'abri derrière vos remparts.
Plus des trois quarts déjà sont entrés dans la ville.
(Freyman remonte vers le fond.)

MARCELINE, affectueusement.

Enfin, pour le moment, vous voilà plus tranquille,
Et vous n'écrirez point cette lettre d'adieu.

PHILIPPE, souriant.

Je viens la commencer.

MARCELINE.

Que craignez-vous?

PHILIPPE.

Mon Dieu !...
Je ne me fais aucune illusion, madame,
Et ce nouveau succès, qui me réjouit l'âme,
M'enlève un peu l'espoir.

MARCELINE.

Je n'y comprends plus rien.

PHILIPPE.

Oh! vous me comprendrez si vous le voulez bien.
(Freyman descend à gauche.)
Ces régiments épars, exaspérés, farouches,
Rentrent, la haine au cœur; leurs deux cent mille bouches
Insultent au destin qui vient de les trahir,
Les forçant d'admirer ceux qu'ils doivent haïr.

Jusqu'à présent, du moins, dans ces luttes terribles,
Ils avaient pour rivaux des soldats impassibles,
Des hommes éprouvés, vieillis dans les combats,
Qui jamais sous le feu n'avaient failli d'un pas.
Quand à de tels vainqueurs on rendait son épée,
On disait : « La fortune encor s'est donc trompée ? »
On était orgueilleux d'avoir osé lutter :
Mais, aujourd'hui, songez ! se faire culbuter
Par d'humbles vétérans, des gardiens de murailles,
Par de tristes débris des-dernières batailles,
Brûlés par l'incendie et par le froid gelés,
Qui posaient leurs fusils sur des bras mutilés !
Cela n'est rien encor ! quelques débris, en somme,
En se réunissant peuvent bien faire un homme.
Ils ne servaient d'ailleurs que de jalons humains
Portant les étendards et montrant les chemins ;
Mais ces simples enfants arrachés aux chaumières,
Qui jamais, jusque-là, n'avaient quitté leurs mères,
Qui, le matin encor, se regardaient tout blancs,
Attendant le signal, étonnés et tremblants :
Voici qu'il suffira qu'un héros les regarde,
Les baptise en passant du nom de *jeune garde*,
Pour en faire aussitôt des soldats aguerris,
Étouffant sous leurs chants les clameurs et les cris,
Et se précipitant, tourbillons indociles,
Dans ces combats sans nom comme à des jeux faciles,
Éventrant coup sur coup les épais bataillons,
Gaiement, comme ils fauchaient hier dans leurs sillons ;
Si bien que les vaincus, regardant en arrière,
De leurs yeux ahuris transperçaient la poussière
Afin de s'assurer qu'on marchait sur leurs pas,
Que c'étaient des enfants et qu'ils ne rêvaient pas !
Voilà de ces succès qu'on ne pardonne guère,
Et que devront payer les prisonniers de guerre.

FREYMAN.

Alors, vous croyez donc... ?

3

PHILIPPE.

Je ne crois rien ; je dis
Que, pour ces prisonniers, on peut être indécis ;
Que, si les alliés se remettent en route,
C'est qu'ils reculeront ; que, dans une déroute,
On ne se charge pas de traîner des captifs
Et que, pour s'en défaire, on trouve des motifs.

MARCELINE, courant à Freyman.

Ah! monsieur, est-ce vrai, ce que je crois comprendre ?

FREYMAN.

Hélas! ma chère enfant, à tout il faut s'attendre !
 (Wagner entre par le fond à gauche.)
Mais Wagner vient ici; pour sûr, il doit savoir...
Eh bien ?

SCÈNE XVI

FREYMAN, WAGNER, MARCELINE, PHILIPPE.

WAGNER.

Eh bien, monsieur, l'horizon devient noir.

PHILIPPE, à Marceline, montrant Wagner.

Je crains de le gêner, et, pour le laisser dire,
Si vous le permettez, chez moi je vais écrire.

MARCELINE.

A vos parents? Très-bien !... mais pourquoi pas ici ?

PHILIPPE.

C'est que...

MARCELINE, lui indiquant le bureau à droite au fond.

Vous trouverez tout ce qu'il faut.

PHILIPPE.

Merci.

(Il va s'asseoir au bureau.)

MARCELINE, à part.

J'hésite maintenant à le perdre de vue.

(A Wagner.)

Votre père ?

WAGNER.

A grand'peine et, malgré la cohue,
(Montrant Philippe.)
J'ai pu l'entretenir... *de lui*, quelques moments ;
Mais il est si surpris par les événements,
Qu'il a mal écouté le sens de mon message,
En me donnant pourtant un conseil assez sage.

MARCELINE.

Lequel ?

WAGNER.

Les étrangers qui sortent des prisons,
Réclamés par nos chefs pour diverses raisons,
Et fort mal escortés dans ce moment d'alerte,
Se sont vus tout à l'heure à deux doigts de leur perte,
Nos soldats, furieux...

MARCELINE, lui montrant Philippe.

Assez! n'achevez pas.

WAGNER.

Eh bien, pour le tirer de tous ces embarras,
Au quartier général je m'en vais le conduire ;
J'y dois joindre mon père, à qui je pourrai dire
Ce que vous souhaitez.

(Il remonte.)

FREYMAN.

Il est à l'Arsenal ?

WAGNER.

Oui, monsieur.

FREYMAN, secouant la tête.

C'est bien loin et vous aurez du mal.

MARCELINE, à Wagner.

En vérité, monsieur, sur cette grave affaire,
Trouvez-vous rassurant l'avis de votre père?
Si, pris par d'autres soins, il manque au rendez-vous,
Qu'arrivera-t-il donc? voyons, que ferez-vous?
Ce jeune homme est perdu !

WAGNER.

                 Je réponds de sa vie.

MARCELINE.

Pouvez-vous en répondre au nom de la Russie?

FREYMAN.

Que craignez-vous donc?

MARCELINE.

             Tout !

FREYMAN.

                 Mais non, vous avez tort !

MARCELINE.

Je sais bien ce qu'on dit de ces hommes du Nord.

FREYMAN, à Wagner.

Vous l'avez effrayée... alors..: elle imagine ..

WAGNER.

Mais laissez donc parler madame Marceline!
C'est de la passion que cette volonté,
C'est de l'enthousiasme !

FREYMAN.

               Eh! non, c'est la bonté.

MARCELINE.

Ce n'est rien de cela; ce qui me désespère,
C'est qu'on ne trouve pas quelque autre chose à faire;
Qu'on se regarde là, sans ouvrir un avis !

WAGNER.

Mais commandez, madame, et je vous obéis.

MARCELINE, à Wagner.

Commander quoi ? Voyons, monsieur, cherchons ensemble!
C'est un homme à sauver. Moi, d'abord, il me semble
Que ce n'est pas prudent, de le mener là-bas.

WAGNER.

Où le mener, alors ?

MARCELINE.

Mon Dieu, je ne sais pas !
Oh! si pour les Français vous aviez moins de haine,
Sur un faux point d'honneur vous glisseriez sans peine,
Et tout ceci, d'ailleurs, resterait entre nous.
Tenez... si... malgré lui, vous le cachiez... chez vous ?
(Vivement.)
Ce n'est certes pas là qu'on irait le reprendre.
(Bas, avec énergie.)
Mais vous ne voudrez pas, et je crois vous entendre
Me répéter encor vos phrases de tantôt,
Que cet homme est pour vous une chose, un dépôt.
Vous allez me parler encor patriotisme !
Moi, je vous répondrai que c'est du fanatisme,
Que les femmes jamais ne comprendront cela,
Et que c'est inhumain, ces objections là !

WAGNER, ironique.

Aussi je n'en fais pas! d'avance j'y renonce,
A chaque question vous faites la réponse !
Et d'un esprit si fin, d'un cœur si généreux,
Que j'arrive à trouver ce monsieur bien heureux !
Mais il doit mériter le zèle qu'il inspire.

MARCELINE, simplement et s'écartant à droite.

Je ne saisis pas bien ce que vous voulez dire.

FREYMAN, bas, à Marceline.

Prenez garde, ma fille; ou je me trompe fort,
Ou Wagner est jaloux !

MARCELINE, étonnée.

Jaloux ?

FREYMAN.

Oui, c'est à tort.
Laissez-moi lui parler.

(Il remonte à gauche avec Wagner.)

PHILIPPE, se levant.

Qu'avez-vous donc, madame ?
Vous êtes agitée ! Est-ce que l'on réclame,
Auprès de ce monsieur à l'air impertinent,
Quelque chose pour moi ?

MARCELINE, embarrassée.

Nullement... nullement !

PHILIPPE, très-sérieux.

J'en serais désolé.

MARCELINE.

Se peut-il que j'oublie
Le soin de votre honneur ? Restez donc, je vous prie.
Deux mots... pour... une affaire, et nous sommes à vous.
(Philippe s'incline et retourne à son bureau. A Wagner et à Freyman qui
redescendent.)
Concluons.

FREYMAN.

Notre ami pense et dit, comme nous,
Qu'un trait d'humanité n'a rien que d'honorable,
Et qu'on ne peut songer à le trouver coupable.

MARCELINE, tendant la main à Wagner.

Ah ! je le savais bien, vous êtes noble et bon !
Excusez maintenant mon agitation. .
Je craignais un refus.

WAGNER, lui baisant la main avec affectation, Philippe les voit.

Oh ! que le ciel m'en garde !
Désormais ce jeune homme est sous ma sauvegarde,

Et vous lui témoignez un si noble intérêt,
Que de faire aussi peu j'ai vraiment du regret.
Mais ne voyez, madame, en cette circonstance,
Que votre juste droit à mon obéissance.

(Mouvement de Marceline.)

Permettez .. je maintiens le mot : oui, c'est ainsi.
Sachant pourquoi je viens, dès qu'on m'accueille ici,
Vous prenez sur mon âme en maîtresse absolue,
Des droits dont rien ne peut limiter l'étendue.
Ainsi vous m'ordonnez de vous servir, je sors :
Il faut que le succès réponde à mes efforts.

(Philippe se lève et va à la croisée.)

Vous ne me devrez rien. Si votre gratitude
D'un rêve où je me plais fait une certitude,
Si je puis espérer l'inestimable honneur
D'obtenir votre main, gage de votre cœur...

(Soulignant.)

Que votre père au mien, madame, daigne écrire,
Et j'accours aussitôt pour vous l'entendre dire.

(A Philippe, sèchement.)

Suivez-moi, monsieur.

PHILIPPE.

Qui?

WAGNER.

Vous.

PHILIPPE.

Moi? Mais de quel droit
Me donnez-vous un ordre... et d'un ton...?

FREYMAN, à Wagner, bas.

Du sang-froid !

(Haut, allant à Philippe.)

Non ! notre ami Wagner vous invite à le suivre ;
C'est dans votre intérêt ; il est bon, il délivre
Les prisonniers, les sauve ; il peut vous préserver...

PHILIPPE, très-froid.

Mais je n'ai point prié monsieur de me sauver.

WAGNER, sèchement.

Oh! je le reconnais, je dois même vous dire
Que vous avez bien fait ; mais madame désire,
Et je n'ai, moi, monsieur, rien à lui refuser.

PHILIPPE.

Ah ! grand merci, monsieur, je craindrais d'abuser.
(A Marceline.)
Sauvez les prisonniers, et vous, soyez bénie
Pour tous les malheureux qui vous devront la vie.
(A Wagner.)
Vous faites là, monsieur, une belle action ;
Mais je n'accepte pas votre protection.

MARCELINE.

Moi, je vous en supplie!

PHILIPPE, souriant et affectueux.

Oh! je sais bien, madame,
Que c'est vous qui tenez le fil de cette trame !
Mais ce fil généreux, je n'en veux point user,
Plus libre que monsieur, je peux vous refuser,
Et je refuse.

(Marceline remonte à droite.)

FREYMAN.

Eh bien, cher enfant, c'est coupable,
C'est insensé, c'est mal!

WAGNER, avec ironie.

Ou bien c'est admirable !
(A Freyman.)
Il faudrait lui laisser le temps de réfléchir...
Mais nous ne l'avons pas.

PHILIPPE, très-calme et très-froid.

Je voudrais en finir ;

Monsieur, votre insistance est irritante et vaine.
Quand je dis non, c'est non, vous perdez votre peine.

WAGNER, à Freyman.

Je vois bien que monsieur semble de tout ceci
Faire une question dont je n'ai nul souci,
Peut-être personnelle, en tout cas, une affaire
Que j'aime beaucoup mieux ne pas rendre trop claire.
(Avec intention.)
Prisonnier sur parole, il doit fort bien savoir
Qu'on l'attend quelque part.

PHILIPPE.

Je connais mon devoir.
(Marceline est descendue au milieu d'eux.)

WAGNER.

(À Marceline.)
Très-bien! Vous, plus heureuse et certes plus habile,
(Saluant.)
Si vous réussissiez, je suis prêt.

(Il sort par le deuxième plan du gauche.)

SCÈNE XVII

FREYMAN, MARCELINE, PHILIPPE.

PHILIPPE, à Marceline, qui semble insister.

Inutile!
Et ne me blâmez pas si je me suis permis
Ce refus obstiné qui blesse vos amis.
Je semble méconnaitre une sollicitude
Qui me comble, et payer vos cœurs d'ingratitude.
Cet horrible défaut, certes, n'est pas le mien.
Je ne suis pas ingrat, allez, croyez-le bien!
(Donnant la lettre à Marceline.)

3.

D'ailleurs... tenez, lisez cette lettre... un passage
Où je parle de vous... à la dernière page.

              (Il fait un mouvement pour sortir.)

MARCELINE, inquiète.

Vous sortez ?

PHILIPPE.

      Je reviens ; je vais prendre, chez moi,
Quelques menus objets pour joindre à cet envoi.

MARCELINE, comme malgré elle.

Vous ne reviendrez plus !

PHILIPPE.

         Mais je reviens, madame.
M'enfuir sans vos adieux ? J'aurais la mort dans l'âme !
Je ne veux point partir sans vous baiser la main,

(A Freyman, qui revient après avoir reconduit Wagner.)

Et sans serrer la vôtre... oh ! non pas.

           (Il sort par la droite, deuxième plan.)

SCÈNE XVIII

MARCELINE, FREYMAN.

FREYMAN.

              C'est certain...
Ce pauvre enfant se perd ; eh bien, c'est déplorable !
Un si charmant garçon, et ce Wagner, que diable,
Il est par trop cassant !... ce n'est pas un intrus,
Cet officier !...

MARCELINE, lui tendant la lettre.

      Lisez, car... moi, je ne peux plus.

      (Elle tombe assise près du bureau à gauche.)

FREYMAN, s'essuyant les yeux.

Ma vue... en ce moment... n'est pas non plus très-claire !

(Il lit.) « Mère chérie, quand mon nom reviendra sur tes lèvres,
joins y celui de l'excellent M. Freyman, qui m'aura, le dernier, appelé son enfant; un cœur d'or! (La voix lui manque, il essuie
ses yeux.) N'oublie pas non plus le nom de Marceline, sa fille; c'est
elle qui te fera parvenir cette lettre, où tu trouveras peut-être la
trace d'une de ses larmes. (Il tombe sur la chaise près du bureau, côté
droit.) Baise-la, chère mère, cette larme sainte que mes lèvres ne
recueilleront pas, mais qui tombe sur mon cœur comme une dernière bénédiction unie à la tienne, larme d'un ange qui a tout fait
pour me sauver. »

MARCELINE, se levant, énergique et résolue.

Non! je ne l'ai pas fait ! mais je m'en vais le faire.
Tenez ! je n'aime pas Wagner; c'est un cœur froid,
Indécis, soupçonneux... c'est un esprit étroit.
Il m'aime, lui ; pourquoi? je n'en sais rien, n'importe !
Tout ce qu'il voit en moi, c'est une femme forte
Qui saura bien porter le titre qu'elle aura,
Une femme honorable enfin, rien que cela.
Ses défauts, après tout, sont de telle nature,
Que du rang d'honnête homme il ne faut pas l'exclure.
Je peux donc l'épouser malgré ma pauvreté,
Car, si je prends son nom, je perds ma liberté.
Apportant plus que lui dans ce contrat... étrange,
J'ai droit de demander quelque chose en échange.
Il faut l'aller trouver; qu'il sauve notre ami !
Surtout rien de douteux, rien de fait à demi;
                              (Elle passe à droite.)
Puisqu'il m'aime, après tout, qu'il m'en donne la preuve,
En rendant son enfant à cette pauvre veuve.
Est-ce qu'un étranger qui passe parmi nous,
Qu'on ne reverra plus, peut le rendre jaloux?
Non ! j'y songe : il vaut mieux aller trouver son père.
Vous lui direz... Enfin il désire vous plaire,
Il fera l'impossible, et, pour remerciment,
A ses projets donnez tout mon assentiment.
Allez, allez !

FREYMAN, étourdi et entraîné.

J'y cours... S'il en est temps encore,
Retenez ce jeune homme, et surtout qu'il ignore,
Ce que l'on fait pour lui! mais vous avez raison,
Je verrai le bourgmestre ou j'y perdrai mon nom.

(Il sort par la gauche, deuxième plan.)

SCÈNE XIX

MARCELINE, puis PHILIPPE.

MARCELINE.

Non, je ne fais pas mal : qu'on lui sauve la vie,
Je saurai l'oublier, puisqu'il faut que j'oublie!
Je connais mon devoir.

PHILIPPE, venant de droite, et surpris de ne pas voir Freyman.

Ah!

MARCELINE.

Mon père est sorti.

PHILIPPE.

Sans pouvoir l'embrasser, me voilà donc parti?

MARCELINE.

Attendez, il revient; il est là dans la rue,
S'informant si, pour vous, le danger diminue.

PHILIPPE.

Mes moments sont comptés, et vous le savez bien.

MARCELINE.

Moi, je sais?... Pas du tout; d'ailleurs, ne brusquons rien.
Au quartier général on peut bien vous attendre;
Quel ordre officiel vous force à vous y rendre?

PHILIPPE.

L'avis de tout à l'heure, avis officieux,
Dès lors qu'on se respecte, oblige beaucoup mieux.

MARCELINE.

Vous parlez de Wagner ? Acceptez ses services,
Il en est temps encor.

PHILIPPE.

                    Non, sous de tels auspices,
Ce matin, ma faiblesse aurait pu s'abriter ;
Maintenant, je serais un lâche d'hésiter.
Laissons monsieur Wagner, car je n'ai nulle envie,
Si je dois retourner bientôt en Sibérie,
De retrouver son nom dans ce cher souvenir
Que j'emporte de vous et que je veux bénir.

MARCELINE.

Mais ne disiez-vous pas que, dans une retraite,
Les prisonniers gênant la fuite... on les... maltraite?
On les...? Cela fait mal seulement d'y songer!
Monsieur Freyman, au moins, nous dirait le danger,
Il revient !

PHILIPPE.

          S'il implore encor son futur gendre,
Quel que soit mon chagrin, je ne veux pas l'attendre.
                    (Il remonte à gauche.)

MARCELINE, passant à droite.

Plutôt que de céder, vous aimez mieux mourir,
Eh bien, je vous dis, moi, que le ciel doit punir
Cet orgueil insensé.. Vous jouez votre vie,
Du moins vous renoncez à revoir la patrie ;
Vous déchirez le cœur de vos nouveaux amis...
Ceci n'est qu'un détail et tout vous est permis!
                    (Philippe descend en scène.)
Mais vous oubliez donc que, là-bas, votre mère
Passe ses jours en pleurs et ses nuits en prière,
Et qu'au premier sommeil que le temps lui rendra,
Dans un rêve obstiné, Dieu lui révélera

Ce que vous aurez fait; qu'elle en deviendra folle,
Et tout cela pourquoi? pour rien, une parole!
Parce qu'un étranger prit des airs arrogants,
Et que, pour vous la dire, il n'a pas mis ses gants!
Allez, allez, c'est fou! plus encor, c'est horrible!...

PHILIPPE, très-ému.

Ah! vraiment ce débat, madame, est trop pénible.
Vous pouvez m'accabler sous le poids de mes torts,
Mais ne me laissez pas ce douloureux remords
De n'avoir pas tout fait pour ma mère adorée.
Ne me la montrez pas par ma perte égarée,
Ne me dévoilez pas l'avenir inconnu...
Vous, qui ne savez pas ce qui m'a retenu !

MARCELINE.

Eh! c'est là justement ce qu'il faudrait m'apprendre;
Mais vous ne dites rien que je puisse comprendre!

PHILIPPE.

Vous ne m'écoutez pas!... votre air préoccupé...

MARCELINE.

Avez-vous dit un mot qui me soit échappé?
Je vous parais distraite? On le serait de reste,
De voir le temps s'enfuir et quelqu'un qui proteste
Sans relâche, toujours, au meilleur argument
Qui ne vous répond rien que non, absolument;
Comme si nous avions à dépenser des heures!...
Le temps est précieux...

PHILIPPE.

      Les raisons les meilleures
Il faut les formuler... oser... vous affliger;
C'est le droit d'un ami... je suis un étranger.

MARCELINE.

(A part.)
Parlez, monsieur, parlez! Que va-t-il donc me dire?

PHILIPPE.

De votre fiancé je ne veux point médire,
Mais j'ai fort bien compris, à son ton froid et doux,
Qu'il est... comment dirai-je?... enfin, qu'il est jaloux.
Ne m'interrompez pas, c'est ma seule critique.
Ce défaut qu'on pardonne est souvent despotique ;
Le temps peut l'augmenter, faire, fatalement,
Que le bonheur rêvé vous devienne un tourment.
Voilà pourquoi je pars ; c'est votre garantie.
Je ne veux pas qu'on nomme excès de sympathie,
La générosité dont je me sens l'objet ;
Je ne veux pas qu'on puisse, un jour, à mon sujet,
Si quelque autre, un proscrit, s'assied à votre table,
Retenir votre main loyale et charitable.
Vous vouliez mes raisons, vous les savez ; adieu !

MARCELINE.

(A part.)

Monsieur ! encore un mot. Pardonnez-moi, mon Dieu !
Je ne l'entendrai pas... mais qu'il reste !

PHILIPPE.

J'écoute.

MARCELINE, troublée.

Vous pouvez rencontrer mon père, sur la route !
Si le hasard voulait... on ne peut pas savoir...
Le hasard est si grand !... Catherine ira voir...

PHILIPPE, s'animant peu à peu.

Tenez ! vous jouez là, sans mesurer l'abime,
Un jeu trop odieux pour n'être pas sublime !
Un sot s'y tromperait ; moi, je suis, Dieu merci,
Assez intelligent pour comprendre ceci :
C'est que j'ai devant moi la plus noble nature.
Mais on lit aisément dans une âme aussi pure !
Et vous direz un jour à votre fiancé
Si par mon souvenir il doit être blessé ;

« Eh bien, oui ; j'ai permis à ce fou de me dire
Des mots d'amour, je crois, dont je n'ai fait que rire.
Il fallait le garder quelques instants de plus...
Afin de le sauver, lasse de ses refus,
Connaissant mon pouvoir, je m'en suis donc servie
Pour forcer ce Français à vous devoir la vie! »
Et moi, j'accepterais un pareil dévouement?
Non! Je suis honnête homme autant assurément
Que ce futur époux qui devient un complice,
Sans que vous songiez, vous, qu'il doit être au supplice.
Je veux sortir d'ici le cœur en liberté,
Avec le souvenir d'une hospitalité
Dont je n'aurai souillé ni le droit ni le culte,
Par un mot qui serait, dans ma bouche, une insulte.
Pour la dernière fois, m'avez-vous entendu?

MARCELINE, éperdue.

Partez donc!...

(Philippe va sortir.)
Attendez!... on vient.

SCÈNE XX

PHILIPPE, CATHERINE, MARCELINE.

CATHERINE, accourant de droite, deuxième plan.

Tout est perdu !

MARCELINE.

Quoi donc?

CATHERINE.

      J'étais là-haut, pour voir dans la grand'rue;
J'avais pris à monsieur, comment? sa... longue-vue.
Ce ne sont que soldats allant et revenant,
Oh! mais c'est qu'on les voit que c'en est étonnant?
Pour sûr, les alliés quittent la vieille ville ;
Ils encombrent le pont, on voit miner la pile

Pour le faire sauter, dès qu'il seront passés!
(Marceline remonte.)
Toujours nous qui devons payer les pots cassés!
(Elle passe à gauche.)
Un si beau pont! faut-il!...

PHILIPPE, allant à elle.

Les prisonniers?...

CATHERINE.

Au diable!

Puisque vous êtes là.

(Freyman entre.)

PHILIPPE, s'élançant vers la porte.

Je suis un misérable!
Adieu, j'ai trop tardé!

SCÈNE XXI

PHILIPPE, FREYMAN, MARCELINE, CATHERINE.

FREYMAN, entrant et le retenant.

Non pas, non pas, bravo!
Vous êtes libres tous!... En voilà, du nouveau!

MARCELINE, à part.

Je ne m'appartiens plus.

FREYMAN.

Ce n'est pas trop ma faute,
Si je fus si longtemps.
(Explosion lointaine.)
Rien! c'est le pont qui saute!
Les Russes sont passés, l'Elbe est entre eux et nous,
Ils n'ont pas de bateaux; donc, vous êtes chez vous!

PHILIPPE.

Et tous mes compagnons?

FREYMAN.

          Sont restés en arrière.
Ils sont en ce moment parqués au Belvédère.
   (Il s'assied.)
Ouf! c'est, pour votre France, un succès éclatant!
Mais, aujourd'hui, ma foi, j'en suis presque content!
C'est égal, c'est bien dur, une course pédestre!...

MARCELINE.

Alors, vous avez vu le... ?

FREYMAN

         Qui? notre bourgmestre?
Attendez, attendez, nous voilà tous contents!
De respirer un peu, donnez-moi donc le temps.

CATHERINE.

Si monsieur voulait boire un doigt de quelque chose?

FREYMAN.

Non, merci, j'ai trop chaud. Mais, sans craindre la dose,
Ce soir, après dîner, pour remettre nos cœurs,
Nous boirons aux vaincus.

           (Tendant la main à Philippe.)
         Voire même aux vainqueurs!
Savant, ma politique est fort peu rigoureuse.

     PHILIPPE lui serre la main.

Cher monsieur!

       (Tendant la main à Marceline.)
Voulez-vous?

MARCELINE.

         Oui, je suis bien heureuse.
   (Elle se détourne pour cacher ses larmes.)

FREYMAN, se levant.

Maintenant, écoutez un peu ce que j'ai fait.

CATHERINE.

Restez donc assis.

FREYMAN.

Non, je ferai plus d'effet.
Me voilà donc parti, sans canne, tête nue,
Sans lunettes non plus, et j'ai mauvaise vue!
Courant comme à vingt ans, mais sans trop savoir où.
J'entendais qu'on disait : « Monsieur Freyman est fou. »
Non! je le devenais par tout ce bruit; de sorte
Que j'avais beau crier, n'ayant pas la voix forte :
« Le bourgmestre! le bourg! .. » tous mes cris étaient vains,
Et l'on me répondait par des coups dans les reins.
Enfin un flot nouveau m'emporte sur la place;
Là, ma foi, pour un peu j'allais demander grâce :
Les soldats, les chevaux, les ordres, les jurons,
Et le bruit des tambours, et le bruit des clairons,
C'était un brouhaha qu'on ne peut pas décrire
Que cette énorme voix d'une armée en délire.
Puis je me suis trouvé, comment? je ne sais pas,
Assis sur une borne où j'étais tombé las,
Exténué, brisé, presque seul sur la route.
Dans l'air un bruit confus venant de la déroute.
De rares ouvriers erraient de loin en loin,
Travaillant, tout honteux de m'avoir pour témoin,
A des arcs triomphaux qu'ils dressaient en silence
Et que l'on décorait aux armes de la France.
C'est la troisième fois déjà, depuis six mois,
Qu'on change la couleur de ces morceaux de bois.
J'apprends là qu'on a vu passer toute une escorte
Accompagnant quelqu'un du côté de la porte;
Que ce quelqu'un, c'était, on n'en pouvait douter,
Le bourgmestre... prudent, qui s'en allait porter
Les clefs de cette ville à notre nouveau maître.
Moi, je vous dis : *Prudent;* mais on m'a dit : *Le traître.*
Je repars du côté que l'on me faisait voir,
Du côté du rempart, c'est mon dernier espoir!
Pour couper au plus court, je prends une traverse
Et j'arrive au moment où retombait la herse...
La porte était fermée et le pont relevé!

MARCELINE, avec joie et inquiétude.

Et le bourgmestre alors?...

FREYMAN.

Je ne l'ai pas trouvé.

MARCELINE.

Et son fils?

FREYMAN.

Lui, non plus ; il est avec son père.

MARCELINE.

Alors, rien n'est donc fait?

FREYMAN.

Non, tout est à refaire.

MARCELINE.

Monsieur est donc sauvé?

FREYMAN.

Par la grâce de Dieu,
Moi, je n'y suis pour rien, je vous en fais l'aveu.

MARCELINE se jette dans les bras d son père.

Ah!

CATHERINE, allant à elle, derrière le bureau.

Madame!

PHILIPPE.

Mon Dieu!

FREYMAN, allant à Philippe.

Laissez-la... je devine!
Souvenez-vous d'Ulric et jugez Marceline.
Vous fûtes généreux ; elle, de son côté,
Pour payer notre dette, offrait sa liberté,
Et, sans aimer Wagner...

(Marceline se lève.)

PHILIPPE, avec transport.

Ce n'est pas lui qu'elle aime?
Dites, monsieur Freyman!

FREYMAN, à Marceline.

Répondez-lui vous-même.
(Souriant.)
Vous ne répondez pas? Ah! c'est vrai, j'oubliais...
Elle m'a dit cent fois : « Je n'aimerai jamais ! »
Encore ici tantôt !

MARCELINE, tendrement.

Mon père!

FREYMAN.

Allons, courage!
Vous étiez si vaillante au milieu de l'orage!
Surtout ne mentez pas!

PHILIPPE, avec passion.

Comme moi, je mentais,
Près de vous, tout à l'heure, éperdu que j'étais,
De laisser s'envoler cette joie éphémère,
Ce rêve, de vous voir dans les bras de ma mère!

FREYMAN, à Marceline.

Eh bien ?
(Marceline embrasse son père et tend la main à Philippe.)

CATHERINE.

Je m'en doutais!

FREYMAN fait passer Philippe près de Marceline.

Vous serez bien heureux!
C'est une noble femme, allez! Moi, je suis vieux,
Mon bien sera sa dot; mais ce n'en est pas une!

PHILIPPE.

Pour nous quatre, monsieur, moi, j'ai de la fortune.

FIN.

Imprimerie L. Toinon et Cie, à Saint-Germain.

9 782019 220136